Le carnaval de
Sami et Julie

Emmanuelle Massonaud

hachette
ÉDUCATION

Avec Sami et Julie, lire est un plaisir !

Avant de lire l'histoire

- Parlez ensemble du titre et de l'illustration en couverture, afin de préparer la compréhension globale de l'histoire.
- Vous pouvez, dans un premier temps, lire l'histoire en entier à votre enfant, pour qu'ensuite il la lise seul.
- Si besoin, proposez les activités de préparation à la lecture aux pages 4 et 5. Elles permettront de déchiffrer les mots les plus difficiles.

Après avoir lu l'histoire

- Parlez ensemble de l'histoire en posant les questions de la page 30 : « As-tu bien compris l'histoire ? »
- Vous pouvez aussi parler ensemble de ses réactions, de son avis, en vous appuyant sur les questions de la page 31 : «Et toi, qu'en penses-tu ?»

Bonne lecture !

Conception de la couverture : Mélissa Chalot
Réalisation de la couverture : Sylvie Fécamp
Maquette intérieure : Mélissa Chalot
Mise en pages : Typo-Virgule
Illustrations : Thérèse Bonté
Édition : Emmanuelle Saint

ISBN : 978-2-01-707611-7
© Hachette Livre 2019.

Achevé d'imprimer en Espagne par Unigraf
Dépôt légal : novembre 2018 - Collection n° 12 - Édition 01 - 72/0678/8

Les personnages de l'histoire

Pour préparer la lecture

1 Montre le dessin quand tu entends le son (an) comme dans mam<u>an</u>.

2 Montre le dessin quand tu entends le son (ou) comme dans hib<u>ou</u>.

3 Lis ces syllabes.

on	cre	dan	ver	que	ga

cha	peu	ju	tou	li	glu

4 Lis ces mots-outils.

les   et   est   qu'ils

c'est   mais   des   cette

5 Lis les mots de l'histoire.

une barbe
à papa

Cléopâtre

des confettis

un
déguisement

un cow-boy

un carnaval

5

Pour Mardi gras, l'école organise un carnaval.
Tout le monde doit être déguisé, même les parents, les maîtresses, le maître et Maria. Tous se rassemblent dans le parc ; c'est de là que part le défilé.

Julie est la Princesse Leia,
et Sami est Dark Vador.
Maman, déguisée
en Cléopâtre, est très belle...
– Mais où est ton père ?
demande Basile à Sami.
– Dans l'ours !
– Trop chouette ! dit Basile,
épaté.

Le défilé s'élance vers
l'école.

– Lancez les confettis !
crient les maîtresses.

On y voit à peine sous
cette pluie multicolore !
– Ça fait un peu peur !
murmure Léo qui déteste
être bousculé.

Arrivés à l'école, la kermesse démarre. L'atelier des mamans a du succès !

– Miaou ! La Princesse chat va vous envoûter ! dit Julie.

– Chat va pas, non ? répondent Sami et Tom, en déguerpissant.

Les garçons ont gagné,
à la pêche, des petits
jouets très rigolos qu'ils
courent remplir… Et pschitt,
pschitt, tout le monde
est arrosé !

Papa et Maria préparent des crêpes et des barbes à papa.

– Quelle chaleur ! gémit Papa dans son costume.

– Mais enlevez la tête ! Vous allez tomber dans les pommes et dans la marmite ! dit Maria.

Ouf ! Papa aspire un grand bol d'air.

Papa fait voltiger de longs
filets de sucre rose.
On dirait un chef
d'orchestre déchaîné.
À tel point que Papa
s'emmêle dans la barbe
à papa !

19

Sami et Tom décident
de partager une énorme
barbe à papa. Ils déchirent,
mordent, se lèchent
les doigts...

– Miam, que c'est bon !
dit Sami, la bouche pleine.
Petit à petit, Dark Vador
se retrouve englué dans
le sucre. Il en a partout !

Le concours du plus
chouette déguisement débute.
Chacun monte sur l'estrade
avec un numéro :
Princesse Leia, le pirate,
Dark Vador, la coccinelle,
et les tout-petits
de maternelle...

Le vote est serré.

La Princesse Leia et

les tout-petits sont à égalité.

Il ne manque que la voix

de Maria, qui vote pour

les tout-petits...

– C'est pas juste...,

ronchonne Julie.

– Sois bonne joueuse,

Julie, répond Maman.

Tout à coup, une clameur
monte : les enfants
réclament un concours.

– Les parents ! Les
maîtresses ! Le maître !
hurlent les enfants.
Papa remet sa tête d'ours
et rejoint, sur l'estrade,
le cow-boy, Cléopâtre,
le viking, Dracula…

Papa gagne tout de suite !

Mais voilà qu'il titube,

trébuche et chute, les quatre

pattes en l'air.

– C'est la chaleur, crie Maria.

Enlevez-lui la tête !

C'est sûr, Papa se

rappellera longtemps

du carnaval de l'école...

As-tu bien compris l'histoire ?

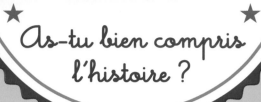

1 Quelle fête est organisée à l'école de Sami et Julie ?

2 De quel atelier s'occupe Maman ?

3 Pourquoi Papa a-t-il failli s'évanouir ?

4 Dans quoi s'emmêle Papa ?

5 Qui gagne le concours de déguisements des adultes ?

Et toi, qu'en penses-tu ?

As-tu déjà participé à un carnaval ?

Aimes-tu aller à la kermesse de ton école ?

Quel est ton déguisement préféré ?

Pour quelle(s) autre(s) fête(s) peut-on se déguiser ?

Dans la même collection :